AF601201

16 Mars 1914 — marqué — P

**VENTE**
**Du Lundi 16 Mars 1914**
**HOTEL DROUOT, SALLE N° 6**
A 2 HEURES

# OBJETS D'ART

ET

## D'AMEUBLEMENT

## SIÈGES ET MEUBLES ANCIENS

## TAPISSERIES



COMMISSAIRE-PRISEUR
**Me Henri BAUDOIN**
EXPERT
**M. Édouard PAPE**

CATALOGUE

DES

# Faïences et Porcelaines

ANCIENNES

MINIATURES ANCIENNES

GRAVURES, DESSINS

**OBJETS D'ART**

SIÈGES ET MEUBLES ANCIENS

**Tapisseries Anciennes**

**APPARTENANT A MADAME N*****

ET DONT LA VENTE AURA LIEU

HOTEL DROUOT, SALLE N° 6

**LE LUNDI 16 MARS 1914**

*A deux heures*

---

| COMMISSAIRE-PRISEUR | EXPERT |
|---|---|
| **Mᵉ HENRI BAUDOIN** | **M. ÉDOUARD PAPE** |
| 10, rue de la Grange-Batelière | Expert près le Tribunal civil de la Seine |
| PARIS | 174, Faubourg-Saint-Honoré |

---

EXPOSITION PUBLIQUE

**Le Dimanche 15 Mars 1914, de deux heures à six heures**

## CONDITIONS DE LA VENTE

Elle sera faite au comptant.

Les adjudicataires paieront *dix pour cent* en sus des enchères.

Paris. — Imp. de l'Art, Ch. Berger, 41, rue de la Victoire.

# DÉSIGNATION

## GRAVURES, DESSINS

### BONNET

1 — *Têtes d'Enfants.*

### HUET (D'après)

2 — *Les Petits Gourmands.*

Par Bonnet.

### ÉCOLE FRANÇAISE

3 — *Portrait de Louis XVI.*

En pied, tenant de la main droite un sceptre appuyé sur un tabouret.

Dessin lavé de sépia.

### PRUDHON

4 — *Étude de Femme.*

Dessin à la plume. Signé en bas et à droite.

# FAIENCES ANCIENNES

5 — **Allemagne (?)**. Paire de cornets décorés en camaïeu bleu de scènes chinoises.

6 — **Delft**. Assiette, décor camaïeu bleu, ornée de rosaces et de brindilles.

7 — **Faenza**. Deux albarellos, offrant à la partie médiane des phylactères ornés de caractères gothiques en bleu sur blanc.

8 — **Marseille**. Soupière de forme mouvementée, ornée de fleurs polychromes. Un fruit forme l'amortissement du couvercle. Marque de la *Veuve Perrin*.

9 — **Marseille**. Grand plat à poissons, décoré en camaïeu vert de branchages, coquillages et poissons.

10 — **Rouen**. Moutardier, décor polychrome.

11 — **Rouen**. Bannette, décor polychrome au léopard.

12 — **Strasbourg**. Bourdaloue, décor de bouquets de fleurs polychromes.

13 — **Strasbourg**. Plateau à piédouche, à bords ajourés, décoré d'une rose et de volubilis polychromes.

14 — **Strasbourg**. Autre plateau, décor analogue.

15 — **Strasbourg**. Plat ovale, décor de fleurs.

16 — **Strasbourg**. Plat creux, décoré de fleurs polychromes.

17 — **Strasbourg**. Plat ovale, à bords mouvementés, finement décorés de bouquets de fleurs polychromes.

# PORCELAINES ANCIENNES

18 — **Berlin**. Tasse et soucoupe fond bois, présentant des cartouches décorés de cerfs en camaïeu vert.

19 — **Capo di Monte**. Assiette à marli gaufré, présentant des animaux dorés. Au fond, la muse Terpsychore joue de la lyre. Inscription au revers.

20 — **Chine**. Six assiettes, décor en couleurs. Époque Kien-lung.

21 — **Chine**. Deux assiettes, décor d'attributs et de fleurs. Époque Kien-lung.

22 — **Fulda**. Deux tasses et leurs soucoupes offrant des jeux d'enfants en camaïeu rose. Imbrications sur les bords. Marque à la croix.

23 — **Locré**. Groupe en biscuit, composé de quatre personnages tenant des guirlandes de fleurs. Au centre, sur un piédestal, la statue de l'Amour.

24 — **Mennecy**. Statuette de jeune garçon debout en porcelaine blanche émaillée.

25 — **Mennecy**. Paire de petits vases, forme Médicis, à bouquets de fleurs polychromes.

26 — **Paris**. Petite tasse et sa soucoupe, à fond jaune uni et marli de trèfles d'or.

27 — **Paris**. Deux tasses et leurs soucoupes, décor de vases fleuris polychromes.

28 — **Paris**. Tasse et soucoupe, offrant un cartouche où est peinte une pensée. Fond jaune et dorures. Fabrique de *Dagoty*.

29 — **Paris**. Chocolatière, ornée de cartouches à paysages et scènes maritimes, de dentelles d'or et de fleurs polychromes.

30 — **Saxe**. Deux tasses, décor d'oiseaux polychromes.

31 — **Saxe**. Tasse et soucoupe, bords à vannerie, décor de fleurs polychromes.

32 — **Saxe**. Assiette, décorée au marli de guirlandes de fleurs et au centre d'un gros bouquet de fleurs polychromes.

33 — **Saxe**. Plat rond, à bord gaufré, orné au marli de quatre réserves à oiseaux polychromes, et au centre d'un bouquet de fleurs.

34 — **Saxe**. Écuelle et son plateau, ornés d'oiseaux polychromes et sur les bords d'imbrications roses chargées de croisillons d'or.

35 — **Saxe**. Plateau, de forme ovale, à bords ajourés, présentant au centre des amours, en camaïeu rose, aiguisant des javelots. Au marli, guirlandes de fleurs.

36 — **Saxe**. Statuette de jeune garçon vêtu d'un habit vert, mauve et jaune pâle.

37 — **Saxe**. Paire de petites statuettes minuscules d'homme et de femme tenant un manchon. Décor en couleurs.

38 — **Saxe**. Deux statuettes de jeune garçon et de fillette se faisant pendants. Celle-ci élève en l'air un gobelet de la main droite. Celui-là tient une baguette.

39 — **Saxe**. Statuette de gentilhomme, mettant la main gauche sur son épée et le bras droit derrière le dos.

40 — **Saxe**. Statuette de Scapin, relevant son manteau du poing gauche appuyé sur sa hanche.

41 — **Saint-Cloud**. Deux pots à crème, décor de feuillages en relief. Porcelaine blanche.

42 — **Sèvres**. Sucrier à décor de barbeaux.

43 — **Tournai**. Moutardier à bords vannerie, orné de bouquets de fleurs polychromes. Il est accompagné de sa cuiller.

44 — **Wedgwood**. Tasse et soucoupe, offrant des jeux d'amours et des feuilles d'acanthe en blanc sur fond bleu.

# MINIATURES

45 — Petite peinture ovale : Fleurs dans un vase. xviiie siècle.

46 — Petite miniature ovale de femme décolletée, les épaules couvertes d'un fichu gris. xviiie siècle.

47 — Miniature ovale de femme décolletée, portant un collier de grosses perles. xviie siècle.

48 — Couple de buveurs dans le goût de Teniers. Miniature sur argent. xviie siècle.

49 — Miniature ronde de femme à perruque poudrée, les épaules couvertes d'un fichu blanc. xviiie siècle.

50 — Paysage animé de pêcheurs, tenant un épervier. Gouache ronde, par Louis Moreau. xviiie siècle.

51 — Miniature de femme brune, ayant un voile dans les cheveux. xviiie siècle.

52 — Baigneuses à demi-nues, près d'une fontaine en forme de dauphin d'où jaillit une eau vive. Fond de paysage. Gouache. xviiie siècle.

53 — Portrait de femme brune, dont les cheveux bouclés tombent jusqu'aux épaules. Elle est décolletée et porte sur son corsage blanc une écharpe rouge.

54 — Portrait d'homme vu presque de face. Il est vêtu d'un habit bleu et gilet jaune. Autour de son cou s'enroule une cravate blanche. xviiie siècle.

58

66

65

57

# MINIATURES

45 — Petite peint[illegible] fleurs dans un vase. xviiie siècle.

46 — Petite miniature [illegible] de femme décolletée, les épaules couvert[illegible] siècle.

47 — Miniature [illegible] portant un collier de gros[illegible] siècle.

48 — Couple de [illegible] Miniature sur argent. [illegible]

49 — Miniature [illegible] poudrée, les épaules couvertes d'un [illegible] xviiie siècle.

50 — Paysage animé de pêcheurs [illegible] épervier. Gouache ronde, par Louis Ma[illegible] xviiie siècle.

51 — Miniature de femme brune, ayant un voile dans les cheveux. xviiie siècle.

52 — Baigneuses à demi-nues, près d'une fontaine en forme de dauphin d'où jaillit une eau vive. Fond de paysage. Gouache. xviiie siècle.

53 — Portrait de femme brune, dont les cheveux bouclés tombent jusqu'aux épaules. Elle est décolletée et porte sur son corsage blanc une écharpe rouge.

54 — Portrait d'homme vu presque de face. Il est vêtu d'un habit [illegible] et gilet jaune. Autour de son cou s'enroule une cravate blanche. xviiie siècle.

58

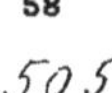

66

290

56

480

57

55 — Portrait de femme accoudée sur le bras gauche. Elle est légèrement décolletée et porte deux rangs de perles. Un manteau lilas recouvre sa robe bleue. Émail sur or. XVIIIe siècle. Cadre en argent, dont les nœuds et rubans sont ornés de jargons et de topazes.

56 — Portrait présumé du dauphin Louis XVII, vu presque de face, ses longs cheveux tombant jusqu'aux épaules. Sur sa poitrine, on aperçoit le cordon bleu. Il est signé : *Heinsius pinxit*. Cadre en or. Époque Louis XVI.

57 — Portrait présumé du peintre Vincent, vu de face, vêtu d'un habit bleu. Époque Louis XVI.

58 — Portrait de conventionnel, coiffé d'un haut chapeau et vêtu d'un habit gris bleu d'où sort un gilet rouge. Fin du XVIIIe siècle.

59 — Boîte rectangulaire en écaille, avec cadre et fermoir d'or, ornée d'une miniature d'artiste en perruque blanche, vêtu d'une robe de chambre rouge à ramages bleus, dessinant. Époque Louis XVI.

60 — Miniature d'homme à perruque blanche, vu de face. XVIIIe siècle.

61 — Boîte ronde, décorée au vernis Martin, présentant une jeune femme décolletée, vêtue d'une robe jaune brun, les cheveux poudrés. Elle porte une guirlande de fleurs en écharpe. Époque Louis XV.

62 — Portrait présumé de Louis XV. XVIIIe siècle.

63 — Portrait d'homme, vu de face, coiffé d'un bonnet rouge et bleu. Il est vêtu d'un habit gris foncé et gilet rayé. Fin du XVIIIe siècle.

64 — Portrait d'homme, vu de face, en habit bleu et gilet blanc. Commencement du XIX^e^ siècle.

65 — Portrait d'une jeune femme décolletée, vêtue d'une robe bleue et coiffée d'un bonnet normand. Il est signé : *Dagoty*.

66 — Portrait de jeune fille légèrement décolletée, vêtue d'une robe jaune à ceinture bleue. Signée : *Edinberger*. XVIII^e^ siècle.

# OBJETS VARIÉS

67 — Médaillon, de forme ovale, en or ciselé. Époque Louis XVI.

68 — Râpe à tabac en buis sculpté, ornée de chiffres et emblèmes. xviie siècle.

69 — Tigre en bronze ciselé et doré. xviie siècle.

70 — Boîte à thé, portant sur un fond d'émail blanc des armoiries, oiseaux, fleurs et personnages, en argent gravé. Allemagne, xviiie siècle.

71 — Cadre, de forme rectangulaire, à feuilles d'acanthe en relief. Travail de *Bagard*. xviiie siècle.

72 — Cadre en bois finement sculpté et doré, à moulures, perles, enroulements de feuilles en haut relief et rais de cœur. Dans les écoinçons, rinceaux naissant d'une sorte de fleur de lis. En haut de ce cadre, de forme rectangulaire, branches de roses réunies en couronne par un nœud de rubans. Époque Louis XVI.

73 — Cartel en bois sculpté et redoré. Époque Louis XVI.

# BRONZES

74 — Deux enfants-musiciens, en bronze patiné, se faisant pendants. Ils sont assis sur une colonnette de marbre rouge, à socle carré en bronze doré. Époque Louis XVI.

75 — Double flambeau en bronze argenté. Vieille monture à quinquets. Époque Louis XV.

76 — Surtout, à bords mouvementés, en trois pièces. Cuivre argenté. Époque Louis XV.

77 — Pendule en bronze ciselé et doré, présentant à droite du cadran un amour nu portant un sabre sur le côté, et reposant sur des nuages. De l'autre côté du cadran, attributs guerriers. Contre-socle en marbre blanc. Époque Louis XVI.

78 — Paire de petites caisses en ancienne porcelaine de Chine, présentant des cartouches ornés de poissons sur fond vert. Elles sont montées sur quatre pieds de bouc en bronze ciselé et doré reposant sur un socle de marbre.

# MEUBLES ET SIÈGES

## ANCIENS

79 — Écran en acajou, à deux traverses. Feuille en soie verte. Époque Louis XVI.

80 — Petit coffret en bois de rose, à couvercle se coulissant. Marqueterie d'oiseaux, de fleurs et de cahier de musique. Époque Louis XVI.

81 — Commode en bois de rose, à filets et marqueterie. Elle possède cinq tiroirs. Les deux tiroirs inférieurs présentent trois panneaux. Entrées et anneaux de tirage en cuivre. Époque Louis XVI.

82 — Meuble à hauteur d'appui en bois de rose, à deux portes ornées de marqueterie de fleurs. Dessus de marbre.

83 — Six chaises peintes en blanc et cannées, munies de coussins en soie vert amande. Époque Louis XV.

84 — Corbeille à ouvrage en palissandre, à filets de citronnier, montée sur trépied. Elle est garnie de soie jaune. Commencement du XIXe siècle.

85 — Caisse à fleurs, de forme carrée, en acajou mouluré, à pieds cambrés.

86 — Commode en acajou, à quatre tiroirs, dont le premier forme abattant et découvre de petits tiroirs intérieurs. Moulures et poignées de cuivre. Dessus de marbre blanc encastré. Époque Louis XVI.

87 — Table en acajou, à tablettes sur les côtés. Pieds carrés à cannelures. Époque Louis XVI.

88 — Table en chêne, dont la ceinture contenant un tiroir présente des cannelures. Pieds carrés cannelés. Époque Louis XVI.

89 — Deux petites étagères d'angle en acajou, à tablettes inégales, se terminant par de petits vases de cuivre.

90 — Servante en acajou, de forme rectangulaire. Elle possède un tiroir et deux tablettes. Dessus de marbre blanc. Commencement du XIXe siècle.

91 — Table à jeu, à trois plateaux, en acajou. Sabots, bagues et moulures de cuivre. Époque Louis XVI.

92 — Table à jeu en acajou. Pieds cannelés. Sabots, bagues et moulures de cuivre. Époque Louis XVI.

93 — Petite table en marqueterie de bois de violette. Elle est munie de deux tiroirs et d'une tirette découvrant un pupitre à livre. Sur le côté, se trouve un tiroir plus large. Pieds cambrés reliés par une tablette.

94 — Fauteuil en bois sculpté et doré, forme médaillon, à moulures et rosaces. Il est couvert en soie verte à fleurs. Époque Louis XVI.

95 — Petit guéridon en acajou, à trois tablettes reliant trois pieds, dont le bas est cambré. Époque Louis XVI.

96 — Bergère en bois mouluré peint en blanc, couverte en velours frappé jaune. Époque Louis XVI.

97 — Petit guéridon en acajou, muni d'un tiroir, reposant sur trois pieds reliés par une tablette. Dessus de marbre blanc à galerie de cuivre. XVIII^e siècle.

98 — Chiffonnier étroit en acajou moucheté, à sept tiroirs. Entrées et anneaux de tirage en cuivre. Dessus de marbre blanc et galerie de cuivre.

99 — Bergère en bois mouluré, de forme carrée, peinte vert d'eau. Elle est couverte en velours frappé violet. Époque Louis XVI.

100 — Bergère, de forme corbeille, en bois mouluré, avec rosace au dossier et à la ceinture. Elle est peinte en gris et couverte de tapisserie au point. Époque Louis XVI.

101 — Petite table à ouvrage en bois de rose, à trois tiroirs, munie d'un écran. Dessus de marbre gris. Époque Louis XVI.

102 — Secrétaire en acajou, à deux portes dans le haut. Le bas est formé de trois tiroirs. Montants à fûts cannelés. Époque Louis XVI.

103 — Meuble en acajou, formant bureau, pour écrire debout. Dans la partie médiane, secrétaire à abattant et dans la partie inférieure trois tiroirs superposés. Entrées en cuivre. Époque Louis XVI.

104 — Vitrine à une porte, en bois de rose et de violette. Entrée en bronze. Dessus de marbre gris. Époque Louis XVI.

105 — Console en acajou, forme demi-lune, à coulisse, montée sur quatre pieds carrés. XVIII^e siècle.

106 — Grand cabinet en écaille, à huit tiroirs et une porte centrale cantonnée entre quatre colonnes découvrant de nombreux tiroirs intérieurs. Il est orné d'une statuette en bronze doré et repose sur une table en noyer à colonnes torses en bois noir. Époque Louis XIII.

107 — Poudreuse en bois satiné, munie d'un tiroir, avec sabots et entrée de bronze. L'intérieur a deux compartiments gainés de soie rose, dont l'un contient divers ustensiles d'argent et de cristal, et trois pots à pommade en ancienne porcelaine de Paris à bouquets de fleurs. Elle porte l'estampille de *Lacroix*. Époque Louis XVI.

108 — Commode en bois de rose à filets de bois d'amaranthe et de citronnier. Moulures, entrées, chutes, anneaux et sabots de cuivre. Dessus de marbre brèche. Elle porte l'estampille de *Riesener*. Époque Louis XVI.

106 — Grand cabinet en écaille à huit tiroirs et une porte centrale cantonnée entre quatre colonnes découvrant de nombreux tiroirs intérieurs. Il est orné d'une statuette en bronze doré et repose sur une table en noyer à [illegible] pieds torses [illegible]. Époque Louis XIII.

[illegible] — Poudreuse en bois de rose satiné, munie d'un tiroir, avec sabots et entrées de bronze. L'intérieur a deux compartiments garnés de soie rose, dont l'un contient divers accessoires d'argent et de cristal, et trois pots à pommade en ancienne porcelaine de Paris à bouquets de fleurs. Elle porte l'estampille de *Lacroix*. Époque Louis XVI.

[illegible] — Commode en bois de rose à filets [illegible] d'amarante et de citronnier. Montures, entrées, chutes, anneaux et sabots de cuivre. Dessus de marbre brèche. Elle porte l'estampille de *Riesener*. Époque Louis XVI.

110

# TAPISSERIES ANCIENNES

109 — Petit panneau présentant un saint agenouillé devant un crucifix. Savonnerie. XVIIe siècle.

110 — Tapisserie, présentant un paysage à fond clair. Une chaumière abritée par de grands arbres se dresse près d'un cours d'eau que traverse un petit pont. Au premier plan, à gauche, un jeune berger joue de la flûte. Sa bergère, qui l'écoute attentivement, semble le regarder avec tendresse. Non loin de là, un petit garçon, qu'accompagne sa mère, chargée d'un panier de fleurs et d'un autre enfant, paraît peu rassuré à la vue d'un chien qui se tient près du premier groupe. Bordure à entrelacs fleuris. Époque Louis XV.

Haut., 2 m. 18 cent.; larg., 2 m. 52 cent.

111 — Objets omis.

www.ingramcontent.com/pod-product-compliance
Ingram Content Group UK Ltd.
Pitfield, Milton Keynes, MK11 3LW, UK
UKHW020521180726
13839UKWH00005B/2235